KB157835

한국 희곡 명작선 15

심청전을 짓다

한국 희곡 명작선 15

심청전을 짓다

김정숙

평민사

김정숙

심청전을 짓다

등장인물

귀덕이네
귀덕이
남경상인
양반나리
아씨
만홍(아씨의 몸종)
선달
개동

1

밤.

성황당에 비가 온다.

남자가 시체를 메고 온다.

이윽고 인기척이 나자 남자는 서둘러 시체를 제단 아래 감추고 몸을 숨긴다.

비 오는 성황당.

도롱이를 쓴 사람들이 보따리를 안고 들어선다.

성황당으로 들어와 도롱이를 벗는다.

귀덕이네 참으로 암짝에도 쓸모없는 비가 이렇게 온다냐, 어휴 죄 젖었네

남경상인 여기요?

귀덕이네 예, 여기요. (산신령 방향으로 인사를 드리며)

귀덕이 (성황당을 보며) 으스스하네…

귀덕이네 어이구 저 왔습니다. 보살펴 주셔서 고맙습니다.

남경상인 불이라도 피워야지 당최 어두워서. (부싯돌을 찾아 불을 붙인다)

귀덕이네 (어루만지며) 이게 다 우리 청이 자취구먼요, 어이휴 불

7

쌍해. 저그가 쬐끄난 청이가 어머니 부르면서 기도하던 자리고. 요그가 우리 청이가 눈물 뚝뚝 흘리면서 아버지 눈뜨게 해달라고 애탄기탄 빌던 자리네, 아적도 눈에 선하네! 청아 청아 우리 청아 나 왔다, 귀덕 어미여 청아! (소리조로) 눈물이냐 빗물이냐 우리 청이 어딜 가고 내 맘 아는, 저 하늘만 울어주누나.

귀덕이 에구 청승!

귀덕이네 넌 따라 오지 말라니까 왜 따라와서 성화야. 어유 정신 사나워 저리 비켜!

귀덕이 내가 어떻게 안 와요, 먼지투성이구먼, 제사를 지내든 고사를 지내든 얼른 청소부터 하자구.

불을 붙인 남경상인, 성황당을 둘러본다.

남경상인 (산신령 그림을 보고) 어이쿠! 산신령님 계시네, 잠시 머물다 가것습니다. (정리하며) 어수선하기는 하네.

귀덕이네 (치우며) 성황당이 다 그렇죠, 동네 제사가 없으믄 다 그래요. 오고 가는 길손도 와서 쉬어 가고, 동네 거지도 자고 가, 때가 되어서나 들여다볼까, 치우는 사람이 따로 없으니까 오늘 같은 날은 심청이 덕분에 산신님이 호강하는 날이쥬.

남경상인 (등잔에 불을 붙여) 여기다 놓을까요?

귀덕이네 예, 예 그러쥬. 귀덕아 어여 차려라.

귀덕이 (차리며) 심청이가 언제 이런 거 먹는다고 엄니 김치를 젤 좋아하는데…

귀덕이네 격식이 있지, 이렇게 몰라서 시집을 어떻게 간다냐, 누가 제상에 빨간 거 올리냐?

귀덕이 격식은 뭐, 심청이 제산데 심청이 좋아하는 것으로 놓아야지.

귀덕이네 야가 오늘 왜 이렇게 말이 많아, 그냥 차리기나 해!

남경상인 (올리며) 귀신 오고 가는 것을 알리야 있겠소만 그래도 우리 정성이니 부디 들러서 몽매한 이내 가슴이나 풀어 주고 가시오.

귀덕이네 아이가 착해서 풀어 줄 거예요, 아무렴요 풀고 말구요. 심청이를 보내 놓구 저두 잠 한 번 제대로 잔 적이 없어요. 쟤는 지 배꼽동무를 보내놓고 한 형제처럼 지내다가 죽었으니, 석달 열흘을 울고 다녀서 아주 얼굴이 퉁퉁 불어 갖고.

귀덕이 참 정말, 그만해! 심청이가 오다가 엄니 소리에 시끄러워서 돌아가것네.

귀덕이네 아이구 귀청 떨어지것다 이년아, 니가 더 시끄러! (차린 것을 바꿔 놓으며) 홍동백서 모르냐?

귀덕이 몰라, 아는 사람이 하면 되지.

귀덕이네 암튼지 너 오늘 이상혀. (남경상인에게 차린 것을 보이며)

자 보셔요.

남경상인 (보며) 아 어련히 잘 차리셨을라고.

귀덕이네 그래도 덕분으로 이렇게 심청이 제사상을 차리니 고마워서 그러지요.

남경상인 나두 벌써부터 이렇게 하고 싶었는데, 통 올 짬이 없으니 실천을 못하고… 아휴 이제야 사람 노릇합니다. (지방을 어루만지며) 에휴 미안하오. 내가 그동안 이 도화동 쪽으로는 고개도 못 돌리것더라고요. 배도 못 타겠고, 마음이 들렁거려서 영 자리를 못 잡겄드니 늦었지만 지금 이렇게 차리고 보니 저도 마음이 좀 가라앉습니다.

귀덕이네 그러시쥬, 지가요.

귀덕이 세월을 붙들어 매었나, 제사 좀 지내요, 말 좀 그만하고.

귀덕이네 알았어 이년아. 그래 내 말은 아주 더럽고 네 글은 아주 달디 달으냐?

귀덕이 갑자기 남의 글 타령이여?

귀덕이네 시끄럽다고 재재거리니 나두 하는 소리지, 서방 대신 언문 끼고 사는 너나 시집 안 가는 딸년 때문에 울화 속 풀어내는 나나 매일반이지.

귀덕이 뭐가 매일반이여? 글이 이쁘고 곱지, 말처럼 지저분할까…

귀덕이네 어여 시집 가 자식이 곱고 이쁘지. 그까짓 이야기가 뭐라고…

귀덕이   빨리 제사나 지내! 하루 종일 심청이 심청이 입이 닳 더니.

귀덕이네   그래, 내가 생각해도 아까 제사음식 만들 때부터 가슴 이 들쑥날쑥한 게 이상하기는 하다.

남경상인   당연하지요. 심청이 제사를 모시는 날인데요, 오늘은 나도 묵은 마음 다 털어 놓고 다시 좀 살아 볼랍니다.

귀덕이네   저두요 영 마음이 거북해니께 밥도 안 넘어가요.

귀덕이   오매나 밥을 두 사발씩이나 먹으믄서.

귀덕이네   그러는 너는 왜 종일토록 눈물 콧물 떨구었냐?

귀덕이   몰라, 진짜루 밤 샐 거여?

귀덕이네   알았어 이년아. (더 크게) 에미 귀 안 먹었어!

셋이서 제상 앞에 손을 모아 쥐고 선다.

남경상인   그럼 시작할까요?

귀덕이네   예, 예!

남경상인   심청아가씨 한 잔 받으세요. (올리고 절한다) 미안합니 다, 미안해요 심청아가씨, 내 먹고 사느라 짐승만도 못 한 짓을 했소, 깊이 뉘우치고 있으니 용서 하시고 부디 좋은 데 가서 극락왕생 하시오

귀덕이네   나두 절 할란다.

귀덕이네가 잔을 올리고 절을 한다.

귀덕이네　청아, 심봉사 나리가 떠난 후로 그나마 살던 집도 다 무너져서 네가 기도하던 성황당에 제상을 차리기는 했는데 잘 찾아 왔냐? (울음을 막으며) 심청아 미안하다! 죽어서두 제사 지내주는 사람 없어 배고프지, 살아서나 죽어서나 굶기는 매일반이니 아유 가여워 어쩌나, 심청아너 먹으라고 맛있는 거 많이 차렸으니까 어이 와 먹어라! 너두 절해!

귀덕이　예!

귀덕이네　어이 잔 올려!

귀덕이 잔을 받는데
번개 치며 – 사람들 등장하고
천둥 치며 성황당에 불이 꺼진다.

귀덕이네들 어이쿠 깜짝이야!

남경상인이 불을 켜들면
아씨와 만홍, 양반나리, 선달, 노비 개동이 등이
부지불식간에 비를 피해 성황당 문으로 뛰어든다.

사람들 (한소리 내어) 잠시 비 좀 피해 갑시다.

만홍 (아씨를 모시며) 비 좀 피해 갈게요!

아씨 (선달의 칼을 보고) 만홍아 칼!

만홍 (모시며) 아이고 나리 그 칼 좀 치워 주십시요, 저의 아씨
가 무서워해서요.

선달 (칼을 내려놓으며) 알겠네.

귀덕이네 (자리를 마련하여) 이쪽으로, 이쪽으로 오셔요.

양반 어허흠 잠시 거하겠네.

선달 (양반에게 인사를) 저 노루재 너머 사는 윤 선달 올습니다.

양반 (손을 내저으며) 됐네, 비긋다 만난 처지에 통성명이라
니. (모두에게 들으라고) 잠시 머물다가 비 그치면 제 갈
길로 가세나.

선달 (거두며) 예.

개동이 차마 들어가지 못하고 비를 맞고 처마 밑에 서 있다.

귀덕이 비를 피하자믄 들어와야지.

개동 미천한 상것이 어찌 감히.

귀덕이네 (눈치 보며) 나리 마님 잠시 들여도 될까요?

양반 성황당 주인장이 산신령인데 내게 물어? 피차 객인데
되고 말고가 어디 있는가, 들여라

귀덕이네 어여 들어와요.

개동 고맙습니다요 마님.

개동이 무례히 제단 쪽으로 다가서자
선달이 몸을 써 막는다.

선달 네 이놈!

놀라는 사람들.

남경상인 (부축하며) 아이쿠 이거 괜찮은가!

선달 천한 상것이 감히 어느 안전이라고 몸을 함부로 들이미
느냐? 정녕 죽고 싶어 환장을 한 것이냐?

개동 (엎드려) 쇤네 죽을죄를 졌습니다요, 소인도 모르게 그
만 빈자리를 잡는다는 것이 제발 살려주십시오.

선달 네가 어느 집 종이냐, 어서 아뢰어라, 네 주인에게 일러
버릇을 단단히 가르치리라! 어서 대지 못할까!

양반 어허, 그만 하시게, 급작스럽게 비가 오니 잠시 두서가
없어 그리했겠지. 가 앉아라!

개동 (물러나며) 아닙니다요. 미천한 상것이 어찌 감히 죽을죄
를 지었습니다요. 용서해 주십시오.

선달 배워먹지 못한 놈 같으니라고 저리 가 있어.

개동 예, 나으리 고맙습니다.

모두 비에 갇혀

그렇게 엉거주춤 모여 있는 사람들.

아씨　　만홍아.

만홍　　예, 예 물 좀 얻어 자실 수 있을까요?

귀덕이　(물 주며) 여기요, 아씨가 어디 아프셔요?

만홍　　(입모양+약간의 소리) 저기 좀 아파요.

아씨　　만홍아.

만홍　　예. (보따리를 안겨준다)

귀덕이네　말만 하믄 척척이네.

만홍　　모르믄 어떻게 해요, 지가 모신 세월이 아깝지유. 아씨
　　　　　여기서 비 그칠 때까지 잠시 쉬셔요.

아씨가 지쳐 쓰러지듯 엎어진다.

양반　　(지방을 읽는다) 현유인… 심청신위라 누구 제사인가?

귀덕이네　저기 심청이라고.

양반　　집의 여식인가?

귀덕이네　아닙니다요, 동네 아이인데 살아생전 효심이 지극하기
　　　　　로.

양반　　음, 효심이 어찌 지극하였길래 남의 아이 제사를 다 지
　　　　　내는가?

15

2

그 밤에

성황당에 비를 피하러 모여드는 사람들이 심청이 이야길 듣는다.

'이야기가 이야기를 듣는다.'

귀덕이네   거기엔 참으로 말로는 다하지 못할 깊은 사연이 있습니다요. 심청이 제삿날 때 맞춰 이리 한 자리에 앉은 인연도 쉽지 않은 터이니 비긋기를 기다리는 참에 심청이 이야기 좀 들어보실 랍니까?

양반   거 그러세, 달리 할 일이 있는 것도 아닌 터 효녀라니 어디 들어나 보세!

귀덕이네   예, 그럼 이야기 올려드립지요.

이야기가 앉는다.

귀덕이네   심청이가 있었습니다요. 아이가 박복한가, 큰 덕을 쌓을라 그러는가 그 어머니가 애를 낳고 이레도 안 되어서 죽었지요. 눈을 못 감고 죽어서 에휴 제가 두 눈을 쓸어 감겼습니다요. 아버지가 봉사인데 양반 끄트머리라 경을 읽을 줄을 아나, 침을 놓을 줄 아나 암것도 못하니, 마누라가 있어서는 그래도 과거를 본다고 핑계를 대고는 손가락을 하나 까딱 안하고 맹자왈 공자왈 읊어대다가 그나마 마누라도 가버리고 혼자서 어쩌것어요? 젖먹이 애를 데리고 동냥젖을 먹이면서 키웠지요.

아주 귀신같이 동네에 아이 난 집들을 찾아 댕기믄서 젖을 얻어 먹였지요. 우리 집에 오는 때는 저녁 전에 그러니까 해가 어스름하면 영락없어요. 지두 재를 넣고 젖 한 통을 먹이고 나면, 기다린 듯이 '귀덕이네' 하고 찾는 소리가 들리지유. 어떤 땐 저두 사람인지라 마음이 모닥져서 맡겨 놓은 젖도 아니고 허구한 날 찾아와 달라니 우리 아이 멕이기두 양이 즉다고 부아가 나는 거예요, 그러면 저두 못들은 척 하지요, 그런데 이양반이 가지도 않고 줄 때까지 그냥 달다 쓰다 아무 말도 없이 소 죽은 귀신 모냥 서 있어요.

아이는 배고파 울지요 그럼 내 자식 아니니 모른다 하나요? 할 수 없이 나가서 애를 받아 젖을 먹이면 그제서야 고맙다고 허리가 부러져라 절을 하고 가요. 그렇게 심청이가 동네 젖을 먹고 자랐어요. 그러니 내 새끼진 배 없지요 제사를 지내는 게 어색하진 않지요?

양반   그렇지, 자식이라 해도 무방하겠네.

귀덕이네   참 신기한 게요, 즈이 아버지가 그렇게 키워 놔서 그런
가요. 쬐끄만 것이 걸을 수 있게 되니까 까꾸로 지 아버
지를 데리고 동냥을 다니는 거예요. 그걸 보믄 도척이
라도 눈물 안 빼군 못 견디지요. 아버지 요기 물, 아버
지 요기 돌멩이, 아버지, 아버지 해가며 동냥을 얻어다
즈이 아버질 먹여 살리더라니까요.

아그가 지도 제대로 못 걸으면서 한 손에 바가지를 들
고 또 한 손으로는 아버지 지팡이 끝을 잡고 문짝에 서
서 요렇게 들여다보며 '먹다 남은 밥 한 술만 주셔요'
하면 아주 맘이 애려서 밥이 없으면 먹던 밥사발이라도
들고 나가서 그냥 엎어 주지요. 그럼 땅에 코를 박고 절
을 하며 '아주머니 복을 마니 받으셔요' 하고 아이구
고 귀여운 입으루다 복을 빌어준다니까요

양반   응석받이나 할 어린 것이 눈 먼 아비를 이끌고 동냥질
에 부모 봉양이라니 대단하구먼.

귀덕이네   아이가 커 가믄서는 인저 빌어먹을 수만은 없다며 일을
찾아서 동네 허드렛일이란 허드렛일은 다 했죠. 빨래하
기, 애보기, 나무하기, 모심기, 못 하는 게 없어요, 우리
동네 상머슴이에요. 즈이 어머니를 닮아서 손끝이 얼마
나 야무진지 바느질을 가르쳐 줬더니 그다음부터는 뭐
솜씨가 얼마나 좋은가, 그냥 예서 불러가고 계서 불러
가고 동네 바느질은 다 하네. 그러니 아버지 봉양하고

철철이 옷 지어 드리고 아무튼 효녀도 효녀도 그런 효녀가 없었지요.

양반 효녀로세.

선달 나이 든 어른도 못할 일을 어린 아이가 그렇게 하다니 대단합니다.

만홍 어린것이 그럴라니 얼마나 고독하고 힘들었을까.

귀덕이네 울기도 많이 울었지요, 아씨 앉으신 그 자리가 심청이 자리유.

모두 아씨를 바라다 본다.

아씨 (일어나) 심청이… 나 심청이 아닌데…

비가 쏟아진다.
버선과 치마저고리를 벗어 던지고 다시 쓰러진다.

만홍 아이고 아씨. (장옷을 덮어 준다)

사람들 놀라서 바라본다.

양반 장마철도 아닌데 비가 이렇게 오시는가…

선달 아무래도 태풍이 칠 것 같습니다요

만홍　(놀래어) 나리, 마님 송구합니다요, 즈이 아씨가 몸이 많이 아픕니다요. (귀덕어미에게) 어이 계속하셔요!

귀덕이네　심청이가 저기 그러니까 상머슴인데, 거시기 그려, 하루는 어디서 들었던가, 느닷없이 심봉사 나리가 부처님 전에 쌀 삼백 석을 시주하면 눈을 뜬다는 소리를 듣고 와설랑 소원을 하는디 어찌나 애가 타는지 몸이 다 빠짝빠짝 마르는 거요.

양반　저런, 글을 어디로 배운 거야, 무식하기는 부처님 전 공양을 올리면 눈을 뜬다던가?

귀덕이　그것이요 몽은사 스님이 내려 왔다가 심봉사 나으리가 개울에 빠진 걸 구해 주었는데 봉사나리가 앞 못 보는 신세루다 절망에 빠지니까 사람이나 살리자고 드린 말씀에 나으리께서 덜컥 욕심이 들어서 그랬쥬.

양반　괜히 아까운 아이 하나를 잃지 않았는가, 허허 글깨나 읽은 양반이 그런 허무맹랑한 소릴 믿다니.

귀덕이네　그것이 안 보이니께요, 그저 눈을 뜬다믄 뭐라도 잡고 싶은 게 사람 마음이잖아요. 그러니 심청이 심정이 어떻것어요.

양반　효녀라니 더 환장했것지, 그런 이야기가 고사에 보면 다 있어 아버지가 글깨나 안다니 가르쳐 주었을 거라구, 거 누구냐하믄.

귀덕이　원홍장이요!

양반   그래 아는구나, 그 원홍장이가 또 부모 눈을 뜨게 했지.

귀덕이네   그런데 그때 저 양반 남경선인이랑 도선주가 우리 동네에 와서는 인당수에 제물이 될 처녀를 구한다 온 거지유.

만홍   처녀제물이라니? 아무려면 그래 저 살자고 산 사람을 죽인단 말예요?

남경상인   그래도 우리는 목숨 값이라도 치르지만 세상에 저 살자고 남의 목숨 해치는 일이, 말이야 바른 말이지 어디 우리뿐이요?

양반   상것들이 먹을거리를 얻고자 딸자식을 판다는 이야기를 내 들어 보았네.

선달   아무리 배우지 못한 상것이라도 인륜을 져버린 데서야 사람이라 할 수 있겠습니까?

귀덕이네   그것이 사람 되기보다 먼저 굶어 죽지 않을라니 밥만 먹여주면 종년에 기생에 첩년에 씨받이까지 달라시는 대로 죄 내주는 거지요.

선달   뭣이야!

귀덕이네   아니 지 말씀은 저기 사람도 살아야 사람이니께요.

양반   (앉으며) 허허! 하긴 나 살자는 일이 남을 해치게 되는 게 다반사지. 맞는 말일세! 인신공양이라 말로만 들었지 진짜로 있는 줄은 몰랐네.

귀덕이네   심청이가 지한테 득달같이 달려 와서는 '아버지 눈을 뜨게 해드리고 싶으니 알아봐 주세요' 하는 거여요.

만흥　　저승길을 나서네요!

귀덕이네　뭐 말려도 안 듣고 어찌나 고집이 센지 할 수 없이 대줬지요.

만흥　　저런 세상에 에구 아무리 아버지 눈을 뜨자고 어찌 하나뿐인 목숨을 내놓아요?

남경상인　심청이가.

귀덕이네　그래, 삼백 석을 절에다 바치고 아버지한테는 장승상댁으로 수양딸을 간다고 속이고 안심을 주고는 마지막으로다 아버지를 극진히 모셨죠.

만흥　　즈이 아버지는 그것도 모르고 눈 뜬다고 좋아 했겠지요.

귀덕이네　그냥 어깨춤을 덩실덩실 추면서 눈을 뜨면 우리 청이 호강시켜 준다고 뜻이 대단했지요.

양반　　무지로다 무지로다 무지야!

귀덕이네　그런데 뭐 속이는 것도 하루 이틀이지 세월은 가지 떠날 날 아침이 되니까 심청이도 더는 어쩌지를 못하고 '아버지 사실은 이만저만해서 내가 이제 가노라' 실토를 하니 그냥 아버지가 혼이 나갈 지경이지요.

양반　　하늘이 효녀를 주었으면 그저 고맙다 엎어져 살면 될 것을 눈을 뜨네 감네 욕심을 부려서 생떼 같은 아이를 죽이나 그래!

귀덕이네　심봉사는 그럴 줄은 몰랐지요, 심청이가 죽을 줄 몰랐지요.

만홍   아니 우리 같은 무지랭이두 알것구면, 공짜루 되는 일이 어디 있어유. 알믄서도 모르는 척 밀어 놓는 거지, 가난한 집에서 그만한 공양미를 얻었을 때엔 누가 죽던지 살던지 뭐 결판이 나는 거지, 몰랐다는 것이 말이 되유. 그러니께 다 욕심이 앞을 가리면 멀쩡하던 사람도 반편이 되는데, 앞 못 보는 양반이시니 오죽할라구요.

귀덕이네   지금도 눈에 선해요. 아버지는 나도 데려가라고 몸부림을 치며 울고.

개동   누구 아버지요?

양반   저런!

개동   죄송합니다요!

귀덕이네   배가 움직거리니까 심청이는 놀래가지고 배에서 동동거리고 울고불고. 나서부터 한날한시도 떨어지지 않고 붙어 있다가 생전 처음 아버지랑 헤어지는 것이 죽으러 가는 길이 얼매나 놀랐것어요. 배가 움직거리니까 놀래서 울고 들뛰는데 아휴 눈 가진 사람은 다 우느라고 배 떠난 줄도 몰랐다니까요.

남경상인   (드디어) 예, 울었지요. 심청이만 울었을까요, 우리 선인들도 다 울었지요. 인당수가 가까워 오니 벌써 풍랑이 일고 파도가 치고 대단한데 심청이가 배를 처음 타노니 입술이 새파랗게 질려 가지고 벌벌 떠는 거라요. 우리도 말을 못하고 죽것더라고요. 그런데 심청이가.

사람들　심청이가?

남경상인　냅다 뱃머리로 기어가더니만 '도화동이 어디요?' 하고 소리 질러요. 그래서 우리가 '오른짝으로 반만 돌아라!' 그렸더니 비틀비틀 절을 하더니 '미안해요, 미안해요, 미안해요' 이렇게 시 번을 크게 소리치고는 그냥 바다루다 첨벙 달려드네.

양반　저런! 거 대단한 용기로군, 사나이도 하기 힘든 일을 어린 소녀가 해내다니.

선달　미안하다? 몸 팔아 공양미 마련해 죽기까지 하는데 미안하다니…

귀덕이　지가 동무라 아는디요, 첫째는 아버지를 두고 떠난 불효가 미안하고, 그다음은 아버지 눈뜨는 거보다 아버지랑 있는 것이 더 아버지를 위하는 것이라는 걸 뒤늦게 알아서 미안하고요. 마지막은 죽는다 죽는다 했어도 진짜로 죽을 생각을 하니 겁이 나니께 그것도 미안한 것입니다요.

선달　허 듣고 보니 참으로 지극한 효심입니다.

양반　그래 바다는 잠잠해졌는가?

남경상인　예, 심청이가 빠진 뒤로 언제 그리 들구 뛰었더냐싶게 감쪽같이 잠잠해졌지요.

선달　인신공양이 효험이 크다더니 참으로 그러한가 봅니다.

양반 그렇군. 역시 효행이 만물지사 으뜸이라!

남경상인 예, 참으로 신기한 것이 심청이가 죽은 후로는 바다가 잠잠하여 처녀제물을 올리지 않아도 되니 그게 다 심청이 빠져 죽은 덕분이 아니겠습니까!

개동 참으로 바다가 잠잠해졌어요?

남경상인 내 나이 50일세, 거짓말 할 세월은 지났지.

개동 박복한 이놈은 부모를 우해 죽자 하여도 효도를 할 부모가 없으니 팔자 더럽기가 똥 친 막대기만도 못합니다요.

귀덕이네 효도할 생각 말고 자네 입이나 불효를 면했으면 좋겠네!

양반 아 이럴 수가, 내 그동안 효녀와 열녀 이야기를 많이 들어 보았지만 심청이야말로 하늘이 내린 효녀로세. 충효의 중효함이 땅에 떨어진 지 오래거늘 오늘 심청이의 효행을 접하고 보니 참으로 감개가 무량하네, 퇴계 이황 선생은 "부모가 자녀를 사랑하는 것이 자(慈)이고 자녀가 부모를 받드는 것이 효(孝)이니 효자의 도리는 천성에서 나오는 것으로 모든 선의 으뜸이 된다"고 하셨고 주희는 이르시길 "어버이를 섬기는 정성으로 인하여 하늘을 받드는 도리를 밝힌다" 하였으나 그 뜻을 밝히 알지 못하였더니 내 오늘 심청의 이야길 듣고서야 비로소 육신의 부모를 섬기는 것이 만물의 부모인 하늘을 섬기는 것이라는 것을 알겠구나. 공자님 말씀에 집에 들어가서는 효도하고 나가서는 충성하라 하였으니 효도야말로 오륜의 으뜸이며 수신의 제일이라, 성호 선생도 효가 아니면 곧 불충이라 하지 않았는가, 오늘 심청이야말로 만고에 효의 상징으로 길이 빛날 효녀가 아니고 무엇인가! 대단하구만. 남의 자식이라도 탐이 나지 않는가! '입신행도 양명어후세 이현부모 효지종야 – 몸을 세워 도를 행하매 이름을 후세에 날려 부모를 드러냄이 효도의 끝이다' 하! 이러니 나라에서도 상을 내리고 벼슬을 내려 모범을 삼는 것이 아닌가 말야!

귀덕이네 모범이죠, 모범이 되구두 남지유.

양반 어험, 아무려나 내 요즘 보기 드문 이야기를 들었네. 내 돌아가면 나라님께 심청이 이야기를 올려서 효녀비를 내려 주십사 청해 보겠네. 이 일은 두고두고 사람들의 입에 오르내려 효를 배우는 크나큰 가르침이 되어야 할 게야.

귀덕이네 아이고 감사합니다요, 아이고 지발 덕분에 그렇게만 해 주신다면 우리 마을에 자랑이요, 이년의 마음도 한껏 가벼워져 큰 짐을 벗겠습니다요.

만홍 그래도 효도를 해서 출세를 한다니 참 입이 써요.

선달 그러고 보니 낯이 익은데 혹 북촌 성 대감댁 노비 아닌가.

양반　북촌 성 대감댁이라면.

만홍　(펄쩍) 아닙니다요, 북촌이 어디요? 나는 몰라요!

귀덕이네　북촌이면 거기가 어디요? 여기 인근은 아닌데.

만홍　모른다는데 그만 허지요!

선달　비슷한 사람을 알아서, 이제 보니 내 잘못 보았나 보군.

양반　이보시게, 내 비록 면식은 없지만 심청이 소저의 갸륵
한 효심에 깊이 감동된 바 잔을 올려 위로하고 싶네.

귀덕이네　배우신 양반님네는 뭐가 달라도 다르구면유. 아유 (유식
한 척) 광축 감복이로소이다

아씨가 갑자기 발악하듯 일어선다.

아씨　(아픈 소리) 아악!

양반　이거 왜 이래?

3

만홍	아이고 아씨 왜 이러셔요?
아씨	우우우우 저기 시체가 있어.

사람들 놀란다.
제단에서 물러서는 사람들 개동이 제단을 막아서며
양반과 귀덕이네 사람들 주위를 둘러본다.

개동	시체가 어딨어? 암것도 없구만요!
아씨	(허공을 가르키며) 시체가 저기, 눈물을 뚝뚝 흘리고 서 있어!
사람들	(찾으며) 어디?
아씨	(방안을 돌아다니며) 저기, 저기, 저기. 이리와! 이리와!
귀덕이네	어디 심청이가 왔나? 심청아 심청아!
양반	심청이라니?
선달	어디요?
양반	허허 이런 어디긴 무엇이 어디인가? 헛것을 보는 것이지.
선달	아 예…

만홍 아씨 제발 이러지 마셔요!

아씨 심청아, 심청아 안 돼!

사람들 어어.

아씨 (허공에 대고 돌아다니며) 이리와 추워, 이리와! 이리와 옷이 다 젖었어 어떻게 해? 춥지 이리와! 심청아 이리와!

만홍이 제상 위의 연꽃을 건넨다.

아씨가 연꽃을 안고 맴을 돈다.

사람들 슬금슬금 제자리로 찾아가 앉는다.

귀덕이네 언제까지 도는 거여?

만홍 이제 끝나요.

개동 미쳤네.

만홍 이놈!

아씨 (멈춰서) 나 미친 거 아니야!

만홍 그럼유, 우리 아씨 안 미쳤어요.

아씨가 제자리에서 벌벌 떨며.

아씨 만홍아 여기 무서워, 집에 가자!

만홍 예, 비 그치면 가요.

아씨 심청이 심청이 슬퍼.

만홍 아씨 이러지 마셔요.

아씨 (울며) 심청이가 울어.

바닥으로 몸을 넘겨 몸부림치며.

만홍 (붙잡아 앉히며) 아이구 아가씨~

벌떡 솟구쳐 일어서며.

아씨 (발악) 심청이 술 주지 마요, 심청이가 싫대요!

양반 엉, 아이구 예에 그럽시다.

아씨 영감이 죽였잖아요

양반 뭐라는 거야?

아씨 이번엔 또 누굴 죽일려고 효녀비를 세운대. 세우면 내 가 부셔버릴 거야.

양반 아이구 이런, 비는 언제 그치는 거야 그래.

아씨 당신들이 심청이를 죽였어.

귀덕이네 아니에요 아씨!

아씨 네년이 팔아먹고, 네놈은 바다 속에 쳐 넣고, 영감은 효 자비 만들어서 애들을 꼬드겨 또 죽일 거지! 개, 돼지도 그렇게 안 해!

선달 말씀이 지나치시오!

아씨	(양반 앞에 엎어져) 영감마님 나 죽이지 마세요, 난 살고 싶어요!
양반	이거 뭐야 왜 이래 내가 왜 죽여?

급작스럽게 선달의 칼을 움켜쥐고
사람들
놀라서 벌떡 일어선다.

아씨	말해라! 날 어딜 찔러 죽일 거냐!
만홍	(사이에 막아서며) 용서하세요.
선달	저리 비켜! 이거 놓으시오!
만홍	우리 아씨 안 돼요, 저를 죽이세요!
아씨	(칼을 몸에 대고) 이렇게 찌를 거요, 목이요?
선달	이거 놓으시오.
아씨	배를 갈라 죽이겠소!
선달	놓아!
아씨	어디를 내 드리리까!
만홍	우리 아씨 안 돼요!
선달	하, 이런 낭패가 있나! 어서 이 칼을 놓으시오!

칼을 꼭 잡고 찌르라고 몸부림을 친다.

아씨	어서 죽이시오!
만홍	아씨!
선달	에이 놓지 못해. (아씨와 만홍이를 밀쳐낸다)
만경상인	(잡아준다) 심청아!
아씨	(천진하게) 하하하하하하하하하하하하하하하하하~ 나 심청이 아닌데!
만경상인	(얼른 아씨 손을 놓으며) 예, 예 죄송합니다요.
아씨	(비틀거리며) 만홍아 나 아파.
만홍	(기어가며) 아가씨 이리 오셔요.
아씨	만홍아 무서워 나 죽이지 못하게 해.
만홍	예 제가 지켜드릴게요, 여기 잠깐만 있으면 비가 그쳐요 그러면 집에 갑시다.
아씨	응.

모두 제자리로 가며.

귀덕이네	아이고 귀신 조화네!
선달	(분하여) 이거야 원!
양반	정신이 온전치 못한 것 같으니 자네가 참으시게.
만홍	마님, 나으리 용서해 주세유, 우리 애기씨가 사실은 아픕니다요.
귀덕이네	어쩌다 저리 되었수.

만홍 참으로 귀하디귀하게 태어나 불면 날아갈까, 쥐면 터질까 금이야 옥이야 애지중지 자라나서 열두 살에 양가 어른들이 약조하여 장안 유명 대가댁에 시집을 갔는데.

양반 (대가댁 발설은 곤란해) 비 그쳤는가 보게나.

선달 아직입니다.

만홍 뉘댁이라 말은 못해요.

귀덕이네 그렇지, 아무개 댁이라 발설하믄 안 되어! 큰일 나! 우리 다 죽어!

만홍이 그런데 신랑이.

사람들 신랑이?

만홍 신랑이 혼인날을 앞두고 급사를 해설랑 어린애가 죽은 사람이랑 혼사를.

사람들 저런!

남경상인 죽은 사람이랑 어찌 혼인을, 양반 법도가 그렇단 말은 들었지만 참으로 기맥히네.

양반 허험.

만홍 얼굴도 못 본, 신랑 없는 과부시집살이가 서럽기 한이 없는데.

사람들 그런데?

만홍 열녀 거시기 있잖아요.

귀덕이네 열녀 되라고 등을 떠다미는구먼.

양반 어험!

귀덕이네 설마하니 혼자 된 며느리를 불쌍하다 못할망정.

남경상인 에이 가문이 뭡니까 양반이 뭡니까?

만홍 시어머니가 아들 잡아먹은 년이라고 구박이 자심터니 난중에는 자결을 해서 아들 대신에 가문을 빛냄이 도리라믄서 어서 죽으라고 아기씨를 몰아세우니.

귀덕이 그래서 저렇게 아씨가 혼이 나갔구면요.

귀덕이네 아이구 어째

만홍 에휴우 저렇게 먹지도 못하고 잠도 못자고 정신 줄을 놓아서 제가 모시고 나왔어요, 죽을 각오를 하고 어디 깊은 산골에 들어가 모시고 살라고요. 이대로 산목숨을 죽일 수는 없잖아요.

귀덕이네 그렇지, 그렇지, 고맙네 참 고맙네.

개동 사단은 낫구면요, 노비가 아씨를 모시고 도망질을 하다니 죽고 싶어서 환장한 거요?

만홍 그러면 어찌냐? 앉아 죽나 서서 죽나 죽기 매일반이여. 참새도 짹하고 죽는다는데, 이대로는 억울해서 못 죽지.

귀덕이네 에휴 억울하지 억울해 아, 지 맘에 우러나서 열녀두 되고 효녀도 되는 거지 가문 살리자고 사람을 억지로 떠다 밀문 안 되는 거잖아요.

남경상인 살아있는 사람을 열녀 만들자고 죽으라니.

귀덕이네 말로만 들었지 아이구야!

천둥번개에 아씨가 벌떡 일어나.

아씨 (상을 뒤엎으며) 요거 차려놓고 죄를 벗겠다고, 어림도 없어! 살려내! 왜 죽였어?

펄쩍펄쩍 뛴다.
번개를 갖다 꽂는 시늉을 한다.

귀덕이네 왜 또 이러셔, 난 안 죽였어요!

아씨 (귀덕어미에게) 왜 죽였어? 어휴 하늘 무서워! 번개 떨어진다. 네년 맛빡에 떨어진다!

귀덕 우리 어머니가 안 죽였어요.

귀덕이네 버선 속이라 뒤집어 보이나, 난들 어떻게 해요? 아씨두 제정신 아니라고 그렇게 말하믄 안 돼요, 오죽해야 나도 이 밤에 여기서 제살 지낼라구요

아씨 나 좀 잡아주지, 나 좀 붙잡아 주지요!

귀덕이네 아씨, 정말 나중에 지가 죽으면 이 가슴 좀 열어봐요.

귀덕이 어머니 울지 마.

귀덕이네 아주 다 썩어 문드러졌을 거여.

귀덕이 제가 도망가라고 보따리를 싸줬어요. 그런데 심청이가 여기 성황당까지 따라 와서는 발이 딱 땅에 붙어서 떨어지지가 않는 거예요. 못 간다고, 젖먹이 두고 온 어미

처럼 아버지가 못 잊어져서 발걸음이 떨어지질 않는다
며 미안하다고 뒤도 안 돌아보고 집으로 달려가는 거예
요. 우리 어무니 아무 잘못 없어요. 그때 내가 안 된다
고 잡아 끌고 갔으믄 다 나 때문이여!

귀덕이네 아니여 니가 아니여!

귀덕이 어무니 그만해!

귀덕이네 나 저 양반들이 준 쌀 심봉사님 다 드렸어요. 우리 쌀이
딸려 갔으믄 갔지 쌀 한 톨 거저 얻어먹은 거 없어요.
나 심청이 돈 안 가져갔어요!

남경상인 예, 내가 죽였소! 흑흑. (운다)

아씨 (눈물을 닦아주며) 울지마라, 울지마라.

남경상인 (빈다) 미안하다 내가 잘못했다!

아씨 (도망가며) 아 무서워, 나 죽이지 마요!

남경상인에게 물을 끼얹는다.

아씨 만홍아 나 무서워!

만홍 (안으며) 괜찮아요 아씨!

만홍이 아씨에게 보따리를 안기며 끌어안고 진정시킨다.

남경상인 파도가 치고 산만한 파도가 들이닥치니 아이가 주저앉

아 벌벌 떨어요. 사람들이 죽는다고 아우성을 치니 아이가 내게 손을 내밉디다. 그래 내가 잡아 세워 놓으니 부들부들 떨면서 도화동이 어디냐고 물어요. 내가 아무데라고 하니까 미안하다고 절을 하더니 아이가 내 손을 꼭 붙잡고서 나더러 손을 놓으라고, 내 손을 움켜쥐고 나더러 손을 놓으라고, 내가 무엇에 홀렸던가 아이 손을 떼어 놓았소! 내가 파도에 던져 버렸소. 내가 뭘 했는가 나도 모르겠소. 내가 뭘로 보이시오? 내가 사람이요? 야차요? 내가 뭐요! (운다)

양반　끄응! 비가 언제나 그칠래나.

만홍이 아씨에게 자장가를 불러준다.

아씨　만홍아~ (눕는다)

만홍　(얼른 보따리를 안기며) 자장자장 우리 아기 잘도 잔다.

양반　저 보따리엔 뭐가 들었느냐?

만홍　(내려와 엎드려) 그림이유.

양반　그림?

만홍　아씨가 그림을 잘 그려유, 꽃이면 꽃, 물고기면 물고기 나비, 새, 못 그리는 게 없어요. 시집살이가 고단하믄 때리는 시어머니 그리고, 말리는 시누이도 그리고, 난중에 내가 이렇게 살았다 보여 준다고 그린 그림이에요.

양반　　누구한테 보여준다고?

만홍　　죽어 하늘에 보인다고 그러지요. 죽을 때 죽더라도 맘이라도 편하게 사시라고 모시고 나왔는데 잘못 했나봐유.

4

개동 모두다 열녀가 그렇게 소원이믄 열녀를 만들어 바치믄 되것네유.

사람들 뭔 소리야?

개동 열녀만 있으믄 되잖어유? 내 말은 모두 아씨가 죽기를 바란다니 소원대로 죽으면 되지 않겠냐는 거지요.

귀덕이네 그러니 저렇게 살아 있는 사람이 어찌 죽었단 말이요?

개동 시체가 있어요.

사람들 뭐요?

개동 (제단을 열어 보이며) 시체요! 아씨랑 바꿔치자구요!

사람들 (기절초풍) 아이구머니나!

귀덕이 이런 세상에.

선달 (칼을 내어 겨눈다) 네 이놈.

사람들 아이구!

양반 오늘 이거 일진이 왜 이래?

개동 아이구 나리 살려 줍쇼, 지발 목숨만 살려 줍쇼!

선달 네놈이 천지분간을 못하고 짓까불어대더니 정녕 죽고 싶어 환장을 하였구나, 이것이 무슨 수작이냐, 어서 바른대로 대지 못할까!

개동 아이구 나리 쉰네 다 말씀 드리겠습니다요, 잠시 시신을 꺼내어 보여드려도 되겠습니까?

선달 허튼 수작할 시엔 죽어 남지 못하리라.

개동 (꺼내며) 예, 예에, 저기 놀라지들 마십시오.

시신 - 아낙이 나온다.

사람들 이럴 수가!!!

개동 제 어머니입니다요, 평생 남의 종으로 살다 죽었습니다. 흑흑, 상전이 장사 지낼 돈 없다고 가마니에 둘둘 말아 내치라는 걸 차마 그럴 수 없어 내 손으로 묻어 드리자고 나왔으나 장사 지낼 방도가 없어 이러고 있습니다. (무릎을 꿇고 엎드려) 노비로 태어나 고생만 똥을 싸게 하고 꽃가마 한 번 못 타보고 죽었으니 인저 저승 가서는 좋은 곳에 태어나라고 우리 엄니도 꽃상여 한 번 타보게 해 주십시오. 아씨 대신에 죽었다 하고 모시고 가믄 설마 시체 보자 하것습니까?

귀덕이네 그럼 시체를 언제 모신 거여?

개동 저녁 무렵에 돌아가셔서 아줌니 오기 바로 전에 데려다 놓았구먼유.

귀덕이 첨부터 내둥 여기 있었던 거예요?

개동 미안해유, 잠시 쉬었다가 묻어 드리려고 했는데 비가 오는 바람에 쇤네도 어쩌지를 못하고, 이 몸은 백번을 죽어도 할 말이 없지만 저도 심청이처럼 죽어도 좋으니 저의 어머니 저승 가는 길 밝으라고 적선 한 번만 해주십쇼.

양반 이거 참, 귀신에 홀린 것도 아니고, 어허 거 칼을 치우게.

선달 예!

남경상인 딴은 그럴 듯 합니다.

귀덕이네 그러네, 죽었다믄 죽은 거지 시체 보자구 헌들 열녀 좋아하는 시댁어른들이 시체가 바뀌었다 토설할 리도 없지 않것어요, 좋으네, 어떻게 할까요?

양반 내게 묻는가?

귀덕이네 여그서 젤로 어른이시고 양반이시니께 답을 주셔야지요.

양반 공자가 이르기를 인자안인 지자이인.

남경상인 죽은 공자가 어찌 아씨를 살리겠습니까, 사람 한 번 살려주십시요!

양반 그것이 법이 있느니라!

귀덕이 나리마님 살려 주세요!

아랫것들 살려 주십시오!

양반 이런 이것이 고금에 없는 일이라.

귀덕이네 고금에 없어도 지금 여기서 마님이 은혜를 베풀어만 주시면 죽을 목숨이 다시 살아납니다.

양반 (선달에게) 시신 좀 보시게.

선달 (보며) 외상은 없이 깨끗합니다.

만홍 아적 닭이 울지 않은 터라 몰래 모시고 가서 지가 돌아
가셨노라 꾸미믄 되것는디요 지발 덕분에 우리 아씨 좀
살려 주서요.

개동 제가 업고 갈게요.

양반 음, 그럴 듯도 한데 그래도 사람이 다른데.

선달 얼핏 비슷하여서 바꾸면 바뀌지기는 하겠습니다만.

양반 그래?

선달 아니 뭐,

양반 사람을 바꾸자는 말이지?

선달 아니 그것이.

양반 비슷하다며?

선달 예, 모양새는 그래도 어찌 천한 상것이

양반 시체 아닌가?

선달 예 시체입니다…

양반 그렇지 선달 말대로 시체는 바꾼다 치더라도 나중이라
도 아씨 신분이 들통이 나믄 어쩌냔 말이지.

만홍 절대 산에서 안 나올게요.

양반 사람이 풀 나무도 아니고 움직거리는 생명인데 누구 눈
에라도 뜨이지.

선달   그렇습니다, 만에 하나 신분이 드러나면 필경 죄가 되어 자손들의 출신길이 막히게 될 것이 불을 보듯이 **뻔**합니다.

남경상인   (주저하며) 저어 지가 모시고 가면 어쩔깝쇼?

양반   자네가?

남경상인   예!

양반   어디, 남경땅으로?

남경상인   예!

양반   다시는 안 돌아오고?

남경상인   예!

양반   그렇다면.

선달   아닙니다. 그걸 어찌 믿겠습니까? 심청이처럼 인당수에 던져 버릴지 누가 압니까?

귀덕이네   제물은 처녀만 되어요!

만홍   우리 애기씨 처녀요!

귀덕이네   그러네, 그러믄 안 돼요. (상인에게) 진심을 말해요

남경상인   나도 아버지요! 심청이처럼 죽일 수는 없지 않것습니까? 이놈이 속죄하는 마음으루다 아씨를 잘 모시겠습니다.

귀덕이네   그럼 모두 바라는 대로 열녀도 만들어 드리고, 꽃상여도 태워 드리고, 아씨도 자유함을 얻으니 이거야 말로 뭐야 꿩 먹고 알 먹고 아닌가요?

양반	으흠, 모두의 뜻이 그러하다면.
사람들	(기다린다) 예!
양반	나는 이 자리 없었던 것으로 하겠네
선달	나리!
사람들	(좋아서) 예, 예!!!
귀덕이네	예, 예! 안 보여요, 안 보이시네요 나리가 어디 계셔요?
사람들	허허허.
귀덕이네	(깊게 서럽게) 에휴우~

사람들 잠시 멈춘다.

사이, 비도 멈추었는데

아무도

아는 척을 안 한다.

귀덕이네	(가만히 양반을 본다) 인저 보니 우리 나으리가 귀인상이 시네요. 귀도 그렇고, 입매하며 귀인이시네요.
만홍	(깊게 운다) 우우우우우우우우우우우우우우우우.
귀덕이네	(앉은 절) 고맙습니다요.
양반	내가 인사 받을 일을 했는가?
개동	쇤네 죽을 때까지 은혜 잊지 않겠습니다요.
만홍	(눈물을 먹고) 고맙습니다요.
양반	(선달에게) 곧 날이 밝겠으니 서두르는 게 좋겠군. 자네

가 손을 보태시게.

선달 알겠습니다. 객사로 하면 모시기가 좋겠습니다마는.

양반 객사라, 거 좋은 생각이군, 집 밖에서 죽으면 귀신이 붙었다하여 집안으로 들이지 않고 장례를 지내니 시체 바꿔치기한 걸 들킬 염려는 없겠군. 좋은 생각일세.

선달 그럼 자네는 일단 아씨와 시신의 옷을 바꿔 모시게.

만홍 예, 나으리!

귀덕이네 (나가보며) 나으리 비가 그쳤어요!

양반 (나가 하늘을 보며) 어허 그런가!

사람들 나간다.

만홍이 옷을 갈아 입히고 귀덕이가 돕는다.

마당에 나와 서는 사람들.

별을 올려다 본다.

귀덕이네 비가 요렇게 딱 그치다니 신통방통해라! 이것 보셔요 풀이슬이 맺히고 별이 높아졌어요. 오늘 날이 참 좋것어요.

양반 별 좋다! 바람이 시원하구먼!

선달 (개동에게) 너는 시신을 집안으로 모시지 말고 뒷산 나무에 목을 매어라!

개동 예?

선달　　목을 매어 죽은 시신은 사람들이 겁을 내어 보기를 두려워 하니 시체가 바뀐 것을 들킬 걱정은 없을 것이다.

개동이　예!

선달　　자네는 아씨를 모시고 내려가게.

귀덕이네　예, 명령대로 합죠.

선달　　배는 언제 떠나는가?

남경상인　마침 모레 배가 뜨니 곧 아씨를 모시고 중국으로 가겠습니다.

귀덕이네　오늘 밤 이게 뭔 일이래요, 꿈이여 생시여?

양반　　사람 일 모른다더니 오늘 이 무슨 조화인지 모르겠네.

귀덕이네　심청이 조화지요.

양반　　심청이 조화라…

귀덕이네　심청이가 원래 그런 아이여요, 심청이만 보믄 싸우던 개도 웃는다니까요.

양반　　허허허 싸우던 개가 웃어!

새벽별이 종종한데
하늘에 나무에 별이 가득하다.
사람들 마음도 맑아서 반짝인다.
아씨가 시신의 옷을 입고 나선다.

개동　　(조급하여) 해 뜨것어요, 어서 갑시다.

만홍   예, 갑니다!

아씨를 모시고 나오는 만홍.
귀덕이네가 아씨를 모신다.

귀덕이네   아씨!
남경상인   어서 갑시다.
귀덕이네   (아씨의 보따리를 챙겨 안으며) 귀덕아!
귀덕이   알았어요! 지가 정리해서 내려갈게요
귀덕이네   (아씨를 부축하며) 누가 볼라, 아씨 어서 갑시다요!

아씨가 가다가 돌아서 양반과 선달에게 다가와 곱게 절을 한
다.

아씨   나으리 만수무강하세요!
양반   아니 이건 또 뭐야?
만홍   아씨!
아씨   저는 이제 죽었으니 이승에서 다시 못 보겠지요…
양반   아이구 예, 저승에서나 봅시다!
아씨   예, 고맙습니다.
귀덕이네   (부른다) 아씨 어서요!
만홍   아씨 어서 가세요!

개동　우라질 사람들 다 깨나겠네!

만흥　간다 이놈아! (양반에게) 그럼 쉰네도 이만 갑니다요.

양반　오냐 가거라!

모두 나가고.

선달　숙부님… 어찌 할까요?

양반　뭣을 어찌해?

선달　저들을 믿어도 될지… 남경으로 간다지만 종형수가 정신이 온전치 못하니 나중이라도 들통이 나서 가문에 누가 되진 않을는지 심히 걱정스럽습니다만… 모 대감댁 며느리도 열녀문을 내렸다가 거짓임이 들통 나 자손들 벼슬길이 다 막히지 않았습니까? 만에 하나 이 일이 들통 나면 벼슬 하나 없는 저야 상관없다지만 관직에 몸담고 계신 숙부님께서 화를 입으시진 않을까 염려 됩니다.

양반　과거에 급제한 지 얼마나 되었느냐?

선달　봄이 세 번 지났습니다만.

양반　벌써 그리 되었느냐? 내 다음 봄에는 벼슬에 들게 조치하마.

선달　아이고 그리만 해주신다면야, 저도 오늘 밤 여기에 없던 것으로 하겠습니다. 그럼 배 떠나는 것까지만 확인을.

양반　　은혜가 그리 없어 어찌 할꼬! 죽었다지 않느냐, 이승에
　　　　서 다시 볼 일은 없을 것이다. 다행히 시신도 있으니 이
　　　　만 정리하자. 나는 형님 댁으로 올라가 자초지종을 아
　　　　뢸 터이니, 너는 만홍이를 따라 가 일이 되는 것을 보고
　　　　문중에 부고를 내어라! 만에 하나 실수가 있어서는 여
　　　　러 사람이 다칠 것이니 매사에 신중히 처리하도록 해
　　　　라!

선달　　알겠습니다. 염려 놓으십시오, 한 치의 소홀함이 없이
　　　　처리하겠습니다.

양반　　어서 가 보거라!

선달　　예!

선달 나가면.

양반　　별이 나무에 걸리니 마음이 참으로 싱그럽구나! 심청이
　　　　그 심청인가? 싸우던 개가 웃었다… 허허허.

양반 나가면 귀덕이 털썩 주저앉아 가슴을 쓸어내린다.
제상으로 가 절을 하고 정리하며.

귀덕이　산신 할머니 오랜만에 와서… 굿을 하고 가네요. 아씨
　　　　가 살게 되어서 참말 다행이어요, 고맙습니다. 심청이

는 잘 왔다 갔어요? 어찌나 정신이 없던가 알은 체 안한다고 삐졌을까요, ㅎㅎㅎ 참으로 죽어서도 사람들을 살피는 것이 심청이는 진정 하늘의 선녀가 맞는가 보아요. (책을 올리며) 지가 심청이 이야기를 지었어요. 심청이 좋아하는 강낭콩밥 짓듯 고슬고슬 맛이 나게 지었어요. 제목은 '심청전' 이어요 심청이 오믄 전해 주세유, (책을 어루만지며) 재주는 타고난 대로지만 정성만큼은 젖 먹던 힘까지 다했으니 이쁘게 봐주라고 해주세요! (그리운) 심청아 놀자~

심청이 같은 바람이 지난다.

끝.

한국 희곡 명작선 15

심청전을 짓다

초판 1쇄 인쇄일   2019년 1월 16일
초판 1쇄 발행일   2019년 1월 25일

지 은 이   김정숙
만 든 이   이정옥
만 든 곳   평민사
            서울시 은평구 수색로 340 [202호]
            전화: (02) 375-8571(代)
            팩스: (02) 375-8573
            http://blog.naver.com/pyung1976
            이메일 pyung1976@naver.com
등록번호   제251-2015-000102호
 정 가   6,000원

  ※ 이 책은 사단법인 한국극작가협회가 한국문화예술위
     2019년 제2회 극작엑스포 지원금을 받아 출간하였습니다.